# CATALOGUE

# D'ARMES ORIENTALES

## Bijoux montés de Brillants & Pierres fines,

## ORFÉVRERIE ANGLAISE

## PLAQUÉ

## BRONZES INDIENS ET CHINOIS

## QUELQUES TABLEAUX

DONT LA VENTE AURA LIEU

### Par suite du Décès de M. ***, Général anglais,

## HOTEL DROUOT, SALLE N° 9

### LES VENDREDI 19 & SAMEDI 20 JUIN 1868

A DEUX HEURES PRÉCISES

Par le Ministère de Mᵉ **HAMOUY**, Commissaire-Priseur,
rue Bleue, 1 ;
Assisté de M. **Charles MANNHEIM**, Expert, rue Saint-Georges, 7,

CHEZ LESQUELS SE DÉLIVRE LE PRÉSENT CATALOGUE

### EXPOSITION PUBLIQUE

Le Jeudi 18 Juin 1868, de une heure à cinq heures.

## PARIS — 1868

# CATALOGUE
# D'ARMES ORIENTALES

## Bijoux montés de Brillants & Pierres fines,

## ORFÉVRERIE ANGLAISE

## PLAQUÉ

## BRONZES INDIENS ET CHINOIS

## QUELQUES TABLEAUX

DONT LA VENTE AURA LIEU

## Par suite du Décès de M. ***, Général anglais,

## HOTEL DROUOT, SALLE N° 9

## LES VENDREDI 19 & SAMEDI 20 JUIN 1868

A DEUX HEURES PRÉCISES

Par le Ministère de Mᶜ **HAMOUY**, Commissaire-Priseur,
rue Bleue, 1 ;
Assisté de M. **Charles MANNHEIM**, Expert, rue Saint-Georges, 7,

CHEZ LESQUELS SE DÉLIVRE LE PRÉSENT CATALOGUE

EXPOSITION PUBLIQUE.

Le Jeudi 18 Juin 1868, de une heure à cinq heures.

## PARIS — 1868

# CONDITIONS DE LA VENTE

La Vente sera faite au comptant.

Les Acquéreurs paieront CINQ POUR CENT en sus du prix d'adjudication, applicables aux frais.

# DÉSIGNATION

# DES OBJETS

## ARMES

1 — Beau Fusil indien à mèche, entièrement en fer, couvert d'ornements et arabesques dorés.

2 — Autre beau Fusil indien à mèche, dont le canon ainsi que la batterie sont richement damasquinés en or.

3 — Fusil analogue à celui qui précède ; la batterie ainsi que la garniture de celui-ci sont en argent.

4 — Autre joli petit Fusil indien à mèche, dont le canon ainsi que la batterie sont damasquinés en or.

La platine de la batterie représente des animaux dans des arabesques.

5 — Fusil revolver indien à mèche, de travail très-ancien. Pièce-curieuse.

6 — Fusil indien, dont le canon damassé est richement damasquiné en or et porte des inscriptions. La batterie est à pierre et à percussion et de travail européen.

7 — Très-grand Fusil indien à mèche, dont le canon damassé est richement damasquiné d'argent.

8 — Beau Canon de fusil damassé, richement damasquiné d'or et incrusté de turquoises.

9 — Autre beau Canon de fusil damassé, richement
damasquiné d'or. La bouche de la pièce se termine
par une tête de dragon incrustée de pierreries. Beau
travail.

10 — Très-grand Fusil indien, dont le bois est incrusté
d'ivoire.

11 — Espingole, dont le canon ciselé à ornements est
rehaussé de dorures. La batterie est à pierre et le bois
est garni en peau de chagrin.

12 — Autre Espingole analogue à celle qui précède. Le
canon de celle-ci est damassé et damasquiné en or.

13 — Casque indien à bombe en damas. La bordure
découpée ainsi que la défense nasale sont richement
damasquinées en or. Travail ancien.

14 — Autre Casque à bombe et nasal, damasquiné en
or, et garni de sa maille dentelée.

15 — Autre Casque à bombe, en damas à ornements
réservés en relief.

16 — Corselet en fer uni.

17 — Très-belle Rondache, de grande dimension, en
peau de rhinocéros, décorée d'ornements dorés et enrichie de bossettes en cuivre finement ciselé et doré,
incrustées de pierreries.

18 — Petite Rondache, en peau de rhinocéros, décorée
d'ornements dorés et de bossettes en cuivre.

19 — Rondache analogue à celle qui précède, mais plus
petite.

20 — Rondache, en peau de rhinocéros, laquée en or et garnie de bossettes en fer argenté.

21 — Autre Rondache analogue ; celle-ci est garnie de bossettes damasquinées d'argent.

22-26 — Cinq Chemises de mailles, dont deux sont garnies de plaques de renfort, dorées en partie. Elles seront vendues séparément.

27 — Brassard en damas ciselé, à ornements en relief et bords dorés.

28 — Brassard analogue à celui qui précède.

29 — Deux Brassards en damas, à ornements en relief et à bordure découpée, damasquinés en or.

30 — Beau Sabre à lame courbe, en damas ; poignée et fourreau entièrement couverts de fleurs et d'ornements richement damasquinés en or.

31 — Très-beau Sabre indien, à longue lame droite et à double tranchant, poignée en fer très-richement damasquinée en or.

32 — Sabre analogue à celui qui précède ; la poignée de celui-ci est ciselée, mais elle n'est pas damasquinée.

33 — Sorte de Couperet à large lame courbe et à poignée en corne de buffle.

34 — Couperet à long manche, décoré de rosaces et de fleurs gravées et argentées. Le talon de la lame est formé par une tête d'éléphant dorée. Le fourreau est garni d'ornements en cuivre repoussé et doré à fleurs.

35 — Hache d'armes en damas, damasquiné en or. La hampe en fer argenté et doré renferme un petit couteau.

36 — Kanthar à poignée en fer damasquiné d'or.

37-45 — Neuf Kanthars analogues à celui qui précède, mais sans damasquinure.

46 — Poignard avec poignée en jade verdâtre, incrustée de deux turquoises.

47 — Sabre à lame striée et à poignée de kanthar, garni d'une garde de forme très-curieuse.

48 — Sabre à poignée de forme analogue.

49 — Petit Poignard à lame évidée et à poignée en jade vert, gravé à ornements.

50 — Petit Sabre indien à lame évidée et poignée damasquinée d'argent.

51 — Sabre analogue à celui qui précède, avec poignée plaquée d'argent.

52 — Sabre indien à lame courbe, incrustée d'or.

53-66 — Quatorze Sabres à lames droites et courbes et poignées variées de formes, qui seront vendus séparément.

67 — Petit Poignard à double lame contournée et poignée de forme curieuse. Pièce rare.

68 — Poignard à lame courbe, avec poignée en argent ciselé et pierreries.

69 — Masse d'armes à ailerons, dont la hampe est garnie d'une poignée de sabre.

70 — Poignard à lame courbe cannelée, poignée en corne garnie en argent ciselé.

71 — Poignard persan, avec fourreau et poignée en cuivre champlevé et émaillé à fleurs.

72-83 — Environ quarante Couteaux ou Poignards, de formes variées, qui seront vendus par lots.

84 — Arc décoré de fleurs laquées en or et couleurs, accompagné de trente flèches laquées et garnies de pointes d'acier.

85 — Couteau de forme circulaire, destiné à être lancé horizontalement et à couper les jarrets des chevaux.

---

# BRONZES & OBJETS VARIÉS

86 — Divinité indienne, en bronze. Personnage à quatre bras et monté sur un cheval.

Derrière la figure est un ornement simulant la porte d'un temple.

87 — Autre Divinité indienne, à tête d'éléphant.

88-90 — Vingt-cinq Divinités indiennes, en bronze, qui seront vendues par lots.

91 — Brûle-Parfums en bronze, de forme carrée, à angles arrondis, à deux anses découpées à jour, et couvercle surmonté d'une chimère. Travail chinois. Socle de même matière.

92 — Deux autres Brûle-Parfums en bronze, formés chacun d'un personnage monté sur un animal fantastique à trois pattes. Travail chinois. Socle en bois sculpté.

93 — Boîte de forme oblongue, à couvercle et compartiment intérieur, reposant sur un plateau carré à quatre pieds, en étain, enrichie de fleurs et d'ornements incrustés en argent. Travail indien.

94 — Vase, forme balustre à goulot évasé, de mêmes style et travail.

95 — Ecuelle avec couvercle et plateau, aussi de même travail.

96 — Trois jolis Vases, en forme de bouteille orientale, en étain, incrustés de fleurs et d'ornements en argent.

97 — Trois miroirs métalliques, de forme ronde.

---

# ORFÉVRERIE

98 — Service à thé, en argent, composé d'une théière, d'un pot à crème, sucrier et beurrier. Travail anglais.

99 — Dix-huit Couverts de table, en argent. Travail anglais, dit modèle du Roi.

100 — Dix-huit Couverts à entremets, en argent. Même travail et même modèle.

101 — Dix-huit Cuillers à café, en argent. Même travail et même modèle.

102 — Une Louche et deux Cuillers à ragoût, en argent. Même travail et même modèle.

103 — Deux Cuillers à sauce, en argent. Même modèle.

104 — Cuiller à sucre, Pelle à beurre et Cuiller à moutarde, en argent et de même modèle.

105 — Six Cuillers à œufs et quatre petites Cuillers à sel, en argent.

106 — Quatre Salières à saupoudrer, en forme de vase, en argent.

107 — Dix-huit Couteaux et dix-huit fourchettes à dessert, en argent. Travail anglais.

108 — Trente-six Couteaux de table, à manches d'ivoire, lames acier et montures en argent.

109 — Trente Couteaux à dessert, de même style.

110 — Quatre Dessous de carafes, en argent, à branches de vigne ciselées.

111 — Un Plateau argent (5,380 gr.)

112 — Une Cafetière en argent (4,690 gr.)

---

# BIJOUX

113 — Deux Boucles d'oreilles, or et brillants.

114 — Deux Boucles d'oreilles, or, brillants, roses et pierres de couleur.

115 — Une Bague, or et brillant.

116 — Une Chaîne de cou, en or.

117 — Une Montre en or émaillé, ornée de roses.

---

# PLAQUÉ

118 — Quatre réchauds à eau chaude, de forme carré-long à angles arrondis, en plaqué anglais.

119 — Quatre Légumiers à couvercles, de forme carré-long, à angles arrondis, en plaqué anglais, garnis d'ornements en argent.

120 — Quatre Réchauds ronds, en plaqué anglais.

121 — Quatre Plats ronds et quatre Cloches en plaqué anglais, garnis en argent.

122 — Quatre Salières, en plaqué anglais, les bords garnis en argent.

123 — Ménagère, en plaqué anglais, avec garnitures en argent.

124 — Huit Cloches ovales en deux dimensions, en plaqué anglais, garnies de poignées ciselées.

125 — Support pour le pain grillé, en plaqué.

---

# TABLEAUX

126 — A. Cortès, Paysage. Vaches et Moutons au pâturage.

127 — Du même. Paysage. Au premier plan, vache noire tachée de blanc.

128 — Du même. Trois Vaches se désaltérant dans un étang.

129 — Du même. Animaux au pâturage.

130 — Du même. Vaches au pâturage.

131 — Lenoir. Deux Paysages; effet de neige.

132 — Du même. Deux Paysages; effet de neige.

133-134 — Geo. Rémy. Cinq Pastels. Portraits de Femmes. Ils seront vendus séparément.

136 — Franck-le-Vieux. Le Calvaire. Composition d'un grand nombre de figures. Sur bois.

137 — L. Verreaux. Femme de pêcheur au bord de la mer.

138 — Du même. Marine. Au premier plan, rochers et falaises.

139 — Du même. Sujet analogue, mais plus petit.

140 — Du même. Chaumière sous bois. Dessin au crayon noir.

141 — Inconnu. Cheval blanc à l'écurie.

Renou et Maulde, Imprimeurs de la Compagnie des Commissaires-Priseurs, rue de Rivoli, 144. 15037